아이스크림 곰 포포

촛불을 밝혀 줘!

글 검은빵 그림 봄하

작가의 말

　어릴 적에 바닷가에 살았어. 해변 길을 따라 가게들이 늘어서 있었지. 그 길 제일 끝에 있는 슈퍼가 우리 집이야. 집으로 가는 길은 그 길뿐이었지. 어느 날, 웬일인지 그 길 끝에 사람들이 많이 모여 있더라고. 무슨 일이지? 다가갈수록 사람들 표정이 어두워. 불안해졌어. 사람들 틈을 비집고 집에 들어갔어. 그날, 나는 함께 살던 소중한 사람을 잃었어.

　그 뒤로 집으로 가는 길이 두려웠어. 길에 들어서면 멀찍이 멈춰 서서 우리 집을 살펴야 했지. 혹시 또 사람들이 모여 있을까? 두근두근. 눈을 감고 가기도 하고, 뒤돌아 힐끔힐끔 집 앞을 확인했어. 어떤 날은 딴 길로 새 버렸지. 어린 나에게 그 길은 두렵고 피하고만 싶은 곳이 되었어.

　외로움, 슬픔, 상실감 등의 감정을 말하는 아이는 많지 않아. 혹, 아이가 자기 마음을 말해도 어른들은 "꼬맹이가 뭔 소리야!", "애가 별소리를 다 하네!" 하면서 가볍게 넘기지. 그런데 두려움은 누구에게나 찾아오는 거잖아. 나이와 상관없이.

이 책의 주인공 테이는 두려움을 피해 방에 스스로를 가두었어. 세상 밖으로 나오면 모든 게 엄마와 연결되기 때문에 숨는 거지. 엄마와 헤어진 그 순간을 뒤돌아보고 싶지 않은 마음인 거야.

두려움 때문에 방에 숨어 버린 테이를 찾아온 건 아이스크림 곰 포포였어. 포포는 사건이 있던 날을 떠올리게 해. 포포를 본 테이는 어쩔 수 없이 그날의 기억과 마주하게 되지. 테이는 이제 피할 수 없어. 마주 서서 싸워야 해. 용기는 맞설 때 생겨나거든. 짧은 시간에 두려움을 이겨 낼 수는 없지만 조금씩 맞서는 법을 배울 거야. 아이들은 뒹굴고 부딪히고 싸우면서 힘과 용기도 함께 자라거든. 무조건 아이들이 이기게 돼 있는 게임이야.

혹시 두려운 게 있다면 숨지 말고 싸워 봐. 아이들에게 허락된, 절대 지지 않는 싸움이니까. 반드시 우리가 이길 거야.

작가 검은빵

차례

아이스크림 곰

푹푹 찌고 더운 여름밤이야.

어느 고물상 앞마당에 텔레비전, 냉장고, 자전거가 뒤죽
박죽 쌓여 있어. 모두 낡고 고장 난 고물들이야.

덜컥!

비스듬히 누운 낡은 냉장고 문이 삐거덕 열렸어. 문틈
사이로 밝은 빛과 하얀 연기가 새어 나왔어. 전기도 끊겼
는데 무슨 일일까?

살짝 열린 문틈으로 무언가가 요리조리 움직여. 그러더
니 얼굴을 빼꼼 내밀었어. 문밖으로 드러낸 모습은 바로

곰이야. 그것도 책가방에 들어갈 만큼 작은 곰.

"으악!"

순간 몸이 미끄러지면서 땅바닥으로 툭 떨어졌어.

푹!

이를 어쩌면 좋아. 글쎄, 무거운 머리부터 떨어졌지 뭐야. 마치 물구나무서기를 하는 것처럼 말이야. 곰은 두 발을 버둥거리다가 벌떡 일어났어. 머리가 아프고 뱅글뱅글 어지러워서 정신을 차릴 수가 없었지. 곰은 두 손을 쭉 뻗어 머리를 더듬었어.

"어! 어어!"

어떡해. 머리 한쪽이 찌그러졌나 봐. 바닥에 눌려 납작해졌지 뭐야. 게다가 찌그러진 곳 주위에는 흙모래가 점점이 달라붙었지.

"휴, 그래도 다행이야. 데굴데굴 굴렀으면 더 큰일 날 뻔했잖아."

작은 곰의 이름은 포포야. 포포는 그냥 곰이 아니고, 아이스크림 곰이야. 달콤하고 시원해. 하지만 조심해야 해. 땅에 떨어지면 큰일 나. 흙이 머리꼭지에만 묻었으니 얼마

나 다행이겠어.

포포는 머리에 박힌 흙을 조심스럽게 더듬었어.

"그런데 나 왜 나왔더라?"

포포는 머릿속이 멍해졌어. 냉장고에서 왜 나왔는지 도통 생각이 나지 않아.

"분명히 뭔가 중요한 일이 있었던 것 같은데……."

아무래도 머리를 콩 찧으면서 문제가 생긴 것 같아. 살짝 어지러운 게 아무 생각도 나질 않아.

그런데 더 큰 문제가 있지 뭐야.

"아, 더워. 더워."

지금이 무더운 여름이라는 거지. 새벽인데도 푹푹 쪄. 단단하던 아이스크림이 흐물거리기 시작했어. 그렇다고 고물 냉장고 속으로 다시 돌아갈 수도 없어. 그 냉장고는 하루에 딱 한 번 새벽 4시 55분에 열리거든.

포포는 당장 더위부터 피해야 할 것 같아 주변을 둘러보았지.

그때 어디선가 무서운 소리가 들려왔어. 소리가 나는 쪽
으로 고개를 돌리던 포포는 기절할 뻔했어.
"으르렁, 컹!"
사나운 개가 포포를 향해 짖어 댔어. 겁에 질린 포포는
뒤도 안 돌아보고 무작정 앞만 보고 달렸어. 뛰다가 넘어
질 뻔했지만, 간신히 달아났지.

"후유, 바깥세상엔 무서운 게 너무 많아."

포포는 가로등 아래에 도착해서야 걸음을 멈추었어. 그러고는 조심스레 뒤를 돌아봤어.

길 위에는 포포의 발자국이 고스란히 남아 있었어. 녹아내린 아이스크림이 포포가 지나온 길을 그대로 보여 줬지. 그 바람에 포포의 키는 점점 작아졌어. 시간이 별로 없어. 이러다가 새끼손가락보다 작아져서 결국 사라질지도 몰라. 아무 냉장고라도 좋으니 어서 들어가야 해.

그때 포포의 눈앞에 불 켜진 빨간 지붕 집이 보였어.

"저기다!"

포포는 빨간 지붕 집을 향해 달렸어. 집이 가까워질수록 창문으로 보이는 냉장고가 점점 더 커졌지.

그런데 누군가 창가에 서서 포포를 지켜보고 있는 거야. 아직 이른 새벽인데 말이지.

'벌써 깨어 있는 사람이 있네?'

포포는 누구일까 궁금했어.

빨간 지붕 집

포포는 빨간 지붕 집 마당을 가로질러 현관문에 도착했어. 그런데 현관문 아래에 작은 문이 달려 있네?

'어, 나를 위한 문인가?'

포포는 착각하고 있어. 저 문은 집에서 키우는 개나 고양이가 드나드는 문이거든.

포포는 당당히 작은 문을 밀고 들어갔어. 몇 걸음 걷기도 전에 포포는 멈춰야 했어. 작은방 문 앞에 개 한 마리가 보였거든. 개를 피해 들어왔더니 또 개를 만났네.

잠든 개가 깰까 봐 포포는 최대한 살금살금 냉장고로

다가갔지. 다행히 개는 깊이 잠든 것 같아.

똑! 똑!

포포는 냉장고 문을 두 번 두드린 다음 주문을 외웠어.

"배도큰데다비엇스!"

그러자 쩍 소리와 함께 냉장고 문이 저절로 열렸어. 그
런데 하필 그때 작은방 문도 열리는 거야.

덜컥!

작은방 문 앞에 잠들어 있던 개가 눈을 번쩍 떴어.

포포는 잽싸게 냉장고 옆에 딱 붙었지. 등줄기에서 아이스크림 땀이 주르륵 흘러내렸어.

"끼잉, 깽, 깽!"

개는 끼끼대며 꼬리를 마구 흔들었어.

빼꼼히 열린 방문 사이로 커다란 눈동자가 요리조리 움직였어. 집 안을 살펴보는 것 같았지.

쓰윽!

반쯤 열린 문밖으로 나온 건 뜻밖에도 쟁반이야. 깨지락거리다 남긴 음식이 담겨 있었어. 곧 방문이 쿵 하고 닫혔어.

방 안에 있는 아이 이름은 테이야. 테이는 자기 방 밖으로 절대 나오지 않아. 매일 어두운 방에만 있지. 쟁반은 문밖에 내놓으면 아빠가 밥을 차려서 다시 문 앞에 가져다줘. 그렇게 지낸 지 벌써 일 년째야. 아마도 테이는 방에

혼자 있을 때 제일 안심이 되나 봐. 어디에도 나가지 않는 걸 보면.

"끄응, 끙끙!"

문이 닫히자 꼬리를 흔들던 개가 끙끙거렸어. 개 이름은 둥둥이야. 문틈으로 냄새를 맡으며 방문을 긁어 보지만 소용없어. 방문은 꿈쩍도 안 했거든. 둥둥이는 세상에서 제일 좋아하는 테이와 함께 뛰어놀고 싶어. 그래서 작은방 문 앞에 늘 웅크리고 있지.

"킁킁, 크긍, 킁!"

그런데 이게 무슨 냄새지? 둥둥이가 코를 킁킁거려.

이건 분명 아이스크림이야.

뚝!

둥둥이 입에서 침이 한 방울 뚝 떨어져. 둥둥이는 긴 분홍빛 혀로 입가를 쓱 핥더니 냄새를 따라갔어.

포포는 아직 냉장고에 들어가지 못했어. 작은방 문이 열리는 소리 때문에 주문이 엉망이 되었거든. 그사이에 열렸던 냉장고 문이 다시 닫혔지 뭐야.

서둘러야 해. 둥둥이가 다가오고 있어.

"배도큰데다비엇스!"

쩌억!

다시 냉장고 문이 열리는데, 검은 코가 불쑥 나타났어.

"으악!"

포포가 냉장고 안으로 들어가는 찰나 분홍빛 혀가 쭉

길어지더니 포포 등을 쓱 스쳤어.

"으, 축축해."

다행히 포포가 냉장고 안으로 들어가자마자 문이 곧바로 닫혔어.

"휴, 이제 안심이야."

포포는 털썩 주저앉았어.

둥둥이는 너무 속상했어. 달콤한 아이스크림을 눈앞에

서 놓쳤잖아. 지금처럼 마음이 슬플 때 먹으면 기분이 좋아지는데 말이야. 게다가 세상에서 제일 좋아하는 바닐라 맛이었다고. 둥둥이는 하는 수 없이 혀끝에 살짝 스친 맛만 되새겼어. 그러고는 아쉬움에 발톱으로 냉장고 문을 벅벅 긁어 댔지. 다음에 또 만나면 닳아 없어질 때까지 핥아 먹겠다고 굳게 다짐했어.

얼마나 지났을까? 밖이 좀 조용해진 것 같아.

포포는 냉장고의 시원한 바람을 쐬었더니 기분이 상쾌해졌어. 가득 채워진 음식들 때문에 자리는 비좁았지만, 한결 살 것 같았지. 포포는 하룻밤만 여기에 있을 생각이야. 아이스크림 동물원에 가는 문이 내일 새벽에 열리거든. 그때까지 여기서 버텨야 해.

덜컹!

갑자기 냉장고 문이 열렸어. 작은방 아이 테이였어. 테이는 아무도 없는 새벽에만 아주 잠깐 밖으로 나와. 물을 가지러 나온 거야.

"컹! 컹! 컹!"

둥둥이가 신이 났어. 테이를 졸졸 따라다니며 꼬리를 흔들었지.

"컹컹! 내가 제일 좋아하는 테이야. 날 좀 봐 줘. 나랑 놀아 줘."

둥둥이가 짖어 댔어. 테이는 둥둥이 머리만 쓰윽 쓰다듬고 말아. 그리고 냉장고 문을 열어 둔 채 물통을 꺼내 컵에 가득 따랐지.

'킁킁! 아, 아이스크림!'

둥둥이는 잊고 있던 아이스크림이 번뜩 떠올랐어. 잽싸게 열려 있는 냉장고에 코를 박고는 천천히 살폈지.

"킁킁킁!"

김치 통 뒤로 작은 곰의 발이 보여. 코를 몇 번 킁킁거렸을 뿐인데 귀신같이 아이스크림을 찾아냈어.

쓰읍!

둥둥이가 포포의 발바닥을 핥았어. 포포는 들키고 싶

지 않아서 아이스크림이 아닌 척 꼼짝도 안 하려고 했지
만, 도저히 간지러워서 참을 수가 없었어. 결국 벌떡 일어
났어.

"으악!"

눈앞에 검은 코가 보여. 포포는 둥둥이를 피해 냉장고 밖으로 뛰어내렸어. 둥둥이도 포포를 쫓아 움직였어. 겨우 몇 걸음 만에 포포 앞을 가로막았지. 둥둥이가 혀를 날름거려.

"나 못 먹어! 먹으면 안 돼."

포포가 두 팔로 엑스 자 모양을 만들었어.

"왜?"

둥둥이가 물었어.

"땅에 떨어진 아이스크림은 먹는 거 아니거든!"

포포는 살짝 뭉개진 머리를 손으로 가리키며 흙 묻은 데를 보여 줬어.

"얼마나 떨어져 있었는데?"

"아주 잠깐?"

"3초 안 지났으면 괜찮아."

둥둥이는 상관없다는 듯 포포의 볼을 핥으려고 했어.

"둥둥아, 안 돼!"

순간 둥둥이를 안아 올린 건 테이였어. 테이는 냉장고 밖으로 달아나는 작은 곰을 보고 거실까지 따라온 거야.

포포와 테이가 서로를 마주 보았어.

아이스크림 곰과 얼굴빛이 우유처럼 새하얀 테이의 첫 만남이야.

"미안한데, 너희 집 냉장고에서 조금만 쉴게. 금방 돌아갈 거야."

먼저 말을 꺼낸 건 포포였어. 말하는 곰을 보고도 테이는 놀라지 않아. 그리고 아무 대답도 없어. 그저 커다란 눈으로 포포를 바라볼 뿐이야.

똑!

갑자기 테이 눈에서 눈물 한 방울이 떨어졌어. 테이는 그대로 뒤돌아 방으로 들어갔어. 테이 품에 안긴 둥둥이는 계속 꼬리를 흔들었어. 아이스크림 따위 관심 없다는 듯이 말이야. 그렇게 테이와 둥둥이가 작은방으로 사라졌어.

"뭐야? 나처럼 귀엽고 신기한 곰을 보고 울다니……; 정

말 이상해."

포포는 작은방 가까이 다가갔지.

"흐읍, 흡흡."

방 안에서 흐느끼는 소리가 들려. 포포는 테이의 슬퍼 보이는 커다란 눈망울이 떠올랐어.

'땅에 떨어진 아이스크림이라 아까워서 그런가?'

아이들은 아이스크림을 땅에 떨어뜨리면 으앙 울음을 터뜨리잖아. 테이가 우는 이유도 분명 그래서라고 생각했어. 포포는 살짝 뭉개진 머리를 만졌어. 손끝에 까칠까칠 흙모래가 만져져.

포포는 냉장고 안으로 들어갔어. 냉장고 문이 닫히고 집 안은 다시 조용해졌어.

작은방의 아이

　시곗바늘이 5시 30분을 가리켰어. 안방에서 희미한 불빛이 흘러나왔어.

　아빠는 매일 아침 테이를 위해 새 밥에 새 반찬을 준비하려고 일찍 일어나.

　"또 거의 다 남겼구나. 아휴……."

　음식이 담긴 쟁반을 보며 아빠는 긴 한숨을 쉬었어. 하지만 테이가 좋아할 만한 다른 음식을 요리하면서 다시 얼굴에 미소를 지었지.

　덜컹!

냉장고 문이 열렸어. 아빠는 쉴 새 없이 냉장고를 여닫았어. 포포는 김치 통 뒤 좁은 틈에 몸을 숨겼지. 들킬 듯말 듯 아슬아슬했어.

"후유!"

냉장고 문이 닫히자 포포는 참았던 숨을 내뱉었어. 이제 부엌이 조금 잠잠해진 것 같아. 포포는 냉장고 한쪽 구석에 앉아 다리를 쭉 뻗었어. 계속 좁은 틈에 숨어 있었더니 다리가 아팠거든.

덜컹!

갑자기 냉장고 문이 열렸어.

'헉!'

포포와 아빠는 눈이 딱 마주쳤어. 꼼짝없이 들켜 버렸
지 뭐야. 아빠는 고개를 갸웃거리며 포포를 내려다봤어.

"아이스크림 곰도 있고……"

아빠는 수첩에 무언가를 적었어.

"테이가 좋아하는 우유랑 과일은 남았고."

아빠는 냉장고 안을 살피고는 그대로 문을 닫았어.

포포는 쿵쾅대는 심장을 붙잡고 얼른 김치 통 뒤에 숨었지.

덜컹!

급하게 다시 냉장고 문이 열렸어.

"아이스크림 곰이라고?"

아빠가 놀란 눈으로 냉장고를 살폈어. 하지만 아이스크림 곰은 보이지 않아. 아빠는 피식 웃고는 냉장고 문을 닫았어.

똑! 똑!

아빠는 작은방 문 앞에 정성껏 만든 아침밥을 내려놓으며 말했어.

"테이야, 오늘 무슨 날인지 알지? 아빠 일찍 올게."

안에선 아무 대답이 없어. 아빠는 문만 여러 번 쓰다듬고는 현관으로 향했어.

아빠가 회사로 출근한 뒤 빨간 지붕 집은 다시 조용해졌어.

"하마터면 들킬 뻔했다. 하아, 졸려."

포포의 눈꺼풀이 내려앉았어. 아이스크림 동물원으로 돌아가려면 내일 새벽까지 잘 버텨야 하는데……. 포포는 찌그러진 한쪽 머리를 매만졌어.

'정말 이것 때문일까?'

아무리 생각해도 여기 온 이유가 떠오르지 않아. 어쩔 수 없지. 다시 돌아갈 수밖에.

냉장고 안은 시원하니 잠을 자기 딱 좋은 온도야. 가만히 앉아 있으면 잠이 마구 쏟아지지. 포포는 눈을 살짝 감았는데 순식간에 잠이 들었어.

"으악!"

쌔근쌔근 잘 자던 포포가 갑자기 눈을 번쩍 떴어. 글쎄 둥둥이가 발을 핥아서 닳아 없어진 꿈을 꾼 거야. 악몽이 따로 없었지.

덜컹!

그때 냉장고 문이 다시 열렸어.

'또 누구야? 아빠가 다시 왔나?'

놀란 포포는 눈을 더 크게 떴어.

냉장고를 살피는 얼굴은 아빠랑 느낌이 비슷해. 그런데 그새 아빠가 늙은 것 같아.

흰머리에 주름이 진 얼굴, 바로 테이의 할아버지야. 할아버지는 매일같이 테이를 살피러 왔어. 작은방 앞을 서성이다 집 안을 살펴보고 둥둥이와 잠깐 놀아 주고는 돌아갔지. 할아버지가 가고 나면 작은방 문 앞에는 늘 선물이 놓여 있어.

점심엔 아빠가 다시 왔어. 할아버지처럼 먼저 작은방을 살피고 점심으로 도시락을 방문 앞에 내려놓았어. 아빠는 밥을 먹고 또 회사에 갔지.

오후엔 이모도 찾아오고 가끔 친구들도 찾아오지만, 테이의 얼굴은 볼 수 없었어.

테이야~!!

포포는 아빠가 회사에 간 사이 푹 쉬려고 했어. 하지만 자꾸 냉장고 문이 열리는 바람에 마음 편히 쉴 수가 없었어. 그렇게 빨간 지붕 집은 들락날락하는 손님을 맞느라 바쁜 하루를 보냈어. 그렇지만 작은방에 있는 테이는 단한 번도 밖으로 나오지 않았어. 어느덧 창가에 머물던 오후의 햇살이 거실 깊숙이 들어와 있었어.

너 때문이야

이제 좀 조용해진 것 같아. 빨간 지붕 집도, 수시로 열리던 냉장고 문도.

"나도 이제 좀 쉬어야겠다."

한숨 자려고 누운 포포는 문득 테이가 궁금했어.

'날 보고 왜 울었지?'

울던 테이의 얼굴이 떠올라. 포포는 테이가 운 이유가 궁금했어.

"둥둥이랑 얘기해 봐야지."

포포는 냉장고 문을 열었어.

덜컹!

작은방 문 앞에 있던 둥둥이가 벌떡 일어났어. 냉장고 문틈 사이로 포포 손이 쑥 나와. 손에는 둥둥이가 제일 좋아하는 비스킷이 들려 있어.

쉭! 쉭!

"내 이름은 포포야."

포포가 비스킷을 흔들었어.

타닥! 타닥! 탁! 탁!

둥둥이가 꼬리를 빠르게 흔들면서 정신없이 달려왔어.

"앉아."

포포의 말에 둥둥이는 철퍼덕 바닥에 앉았어.

"엎드려."

"컹컹, 엎드려."

둥둥이는 말까지 따라 하며 엎드렸어. 포포는 손에 들고 있던 비스킷을 던져 주었어.

오도독!

둥둥이는 기분이 정말 좋아. 둥둥이는 간식만 주면 스스로 목욕도 하려고 할 거야. 그만큼 간식이 세상에서 제일 좋아.

포포는 한 손으로 또다시 비스킷을 흔들었어. 둥둥이의 꼬리가 뱅글뱅글 돌아갔어. 그때 포포가 물었어.

"테이는 왜 방에서 안 나와?"

말을 잘 듣던 둥둥이가 이번엔 대답을 안 해.

"먹기 싫어?"

포포가 비스킷을 하나 더 꺼내 양손에 들었어.

"컹컹, 아니, 그런데 그건 비밀이야. 말 안 할래."

둥둥이는 단호하게 말했어.

"이 간식 다 줄게. 말해 줘."

둥둥이는 굳은 표정으로 고개를 저었어. 만만치 않았어.

"컹컹! 포포야, 네 얼굴 한 번만 핥게 해 주면……."

둥둥이가 생각지도 못한 제안을 했어.

포포는 기가 막혔어.

"그건 안 돼."

이번에는 포포가 딱 잘라 말했어. 둥둥이의 흔들리던 꼬리가 쏙 말려들었어.

"컹컹, 딱 한 번만!"

"싫어. 안 돼."

둥둥이는 고개를 다리 사이에 묻고 눈을 감았어.

"대신 진짜 좋아하는 걸 줄게."

"컹컹, 뭐?"

둥둥이가 귀를 쫑긋 세우고 살며시 고개를 드는 순간이었어.

덜커덩!

별안간 작은방 문이 열렸어. 얼굴이 벌게진 테이가 잰걸음으로 포포에게 다가왔어.

"다 곰 때문이야."

테이가 양손으로 포포를 들어 올렸어.

"다 너 때문이라고! 내 탓이 아니야!"

테이는 포포를 들고 창가로 성큼성큼 걸어갔어. 그러더니 높은 창틀 위에 포포를 내려놓고는 그대로 뒤돌아 방으로 들어가 버렸어. 방문이 쿵, 닫혔어.

투명한 유리창으로 서서히 저물어 가는 오후 햇살이 쏟아져. 너무 높아서 포포가 뛰어내릴 수도 없었어. 포포는 그대로 햇살 아래 갇혀 버렸지.

"아, 뜨거워."

주르륵!

아이스크림이 창틀을 타고 흘러내렸어. 포포는 점점 작아졌어.

둥둥이의 기억

둥둥이가 창문 아래로 쫓아와 펄쩍펄쩍 뛰어올랐어.

"컹컹, 뛰어!"

둥둥이가 벽을 짚고 서서 등을 내주었어. 포포는 창틀 끝에 서서 머뭇거렸어. 찌그러진 머리를 매만지더니 더럭 겁을 먹고 한 발 물러나.

"컹컹, 이대로 녹아서 사라질 거야?"

둥둥이가 소리쳤어. 따가운 햇살에 포포는 자꾸 녹아내려. 더는 망설일 수 없어. 포포는 두 눈을 꼭 감고 아래로 뛰었어.

꽈악!

포포는 둥둥이 등에서 떨어질 뻔했지만, 털을 움켜쥐고 버텼어. 둥둥이는 포포를 등에 업고 재빨리 냉장고 앞으로 달려갔어. 그러고는 바닥에 바짝 엎드려 포포를 내려 주었지.

"너, 너무 작아져 버렸어."

햇살에 녹아내린 포포의 키가 눈에 띄게 작아졌어.

테이는 방문을 빼꼼히 열고 몰래 창문가를 살펴보았어. 포포가 무사히 바닥에 내려오는 걸 보고는 방문을 닫아 버렸지.

"나 좀 쉬어야겠어……."

포포는 냉장고 문을 열고 들어갔어. 놀란 일을 겪은 뒤라 힘이 쭉 빠졌지.

둥둥이가 냉장고 앞으로 다가와 앉았어.

"오래전에 사고가 났어. 엄마가 운전하던 차에 나와 테이도 타고 있었지……."

하지만 사고 이후 둥둥이와 테이만 집으로 돌아왔어. 테이는 이제 엄마를 다시 볼 수 없다는 걸 알아.

"그 뒤로 방에서 나오지 않아."

둥둥이가 고개를 돌려 작은방을 보았어. 굳게 닫힌 문은 열릴 생각이 없어 보였지. 포포는 테이가 소리치던 모습을 떠올렸어.

"근데 그게 내 탓이야?"

포포는 냉장고 문을 빼꼼 열고 물었어. 아무리 생각해도 이유를 알 수 없었거든.

"머리가 찌그러지고 난 뒤부터 하나도 기억이 안 나."

포포는 금방이라도 울 것 같은 표정이었어.

"포포, 머리 많이 아픈 거야?"

둥둥이가 주둥이를 냉장고 안으로 들이밀었어.

"우리 개들은 아픈 데가 있으면 서로 핥아 주는데……."

"안 돼!"

포포의 단호한 말에 둥둥이의 꼬리가 또다시 돌돌 말려 들었어.

"나는 테이를 돕고 싶은데, 둥둥이 너는 먹을 생각만 해?"

포포 말에 둥둥이가 벌떡 일어나 꼬리를 바짝 세웠어.

"컹컹, 테이 옆에는 늘 내가 있어. 그래서 잘 알아. 지금은 테이를 그냥 두는 게 도와주는 거야."

"그래도 계속 방에서만 지낼 순 없잖아. 잘 먹지도 않고."

"어떻게 해도 나오지 않는다니까!"

"아, 생각났다!"

포포의 머릿속에 번쩍 떠오르는 게 있었어.

"무슨 생각?"

"테이를 밖으로 불러낼 방법. 둥둥아, 좀 도와줄래?"

포포가 냉장고 밖으로 나왔어.

"둥둥아, 잘 생각해 봐. 엄마가 해 준 음식 중에 테이가 제일 좋아하던 거."

"좋아하는 거? 뼈다귀?"

"네가 좋아하는 것 말고! 너는 늘 테이 옆에 있었잖아. 행복하게 먹던 테이 모습을 떠올려 봐."

"먹는 걸로는 안 될걸."

둥둥이는 작은방 문 앞에 남겨진 음식을 보았어.

"둥둥아, 잘 좀 생각해 봐."

포포는 자신에게 화를 낸 테이가 괘씸했지만, 자꾸만

신경이 쓰여. 그래서 돕고 싶어.

"그래. 알았어. 그 대신에 한 번만 핥아……."

"안 돼!"

포포는 둥둥이를 째려보았어.

둥둥이는 혀를 집어넣고 입을 꾹 다물었어. 둥둥이는 테이가 엄마와 함께 음식을 먹으며 즐거워하던 순간들을 떠올렸어. 그중에 가장 신나 하는 테이를 찾았어.

둥둥이는 포포에게 가까이 다가와 속삭였어. 테이가 좋아하는 음식을 말해 준 거야.

"진짜? 조금만 기다려. 금방 다녀올게, 둥둥아."

포포가 냉장고 문을 닫으려고 해.

"컹컹, 어딜 간다는 거야?"

둥둥이가 물었어.

"테이가 좋아한다는 그거 가져올게."

포포의 말에 둥둥이는 고개를 갸웃거렸어.

곧 냉장고 안에서 우당탕탕 이상한 소리가 났어. 밝은 빛이 냉장고 문틈을 뚫고 나왔다 사라지기를 반복했지.

둥둥이는 놀라서 풀쩍 뒤로 물러났어.

'컹컹, 안에서 무슨 일이 벌어지는 거지?'

둥둥이는 킁킁 냄새를 맡고 귀를 쫑긋 세우고 소리를 들어 봤어. 냉장고 안은 다시 조용해졌어.

시간이 꽤 흘렀는데, 냉장고는 열릴 줄 몰라.

"끄응……"

둥둥이는 냉장고 앞에서 하염없이 기다렸어.

한참이 지나고, 다시 밝은 빛이 냉장고 문틈으로 새어

나왔어.

덜컹!

드디어 냉장고 문이 열렸어.

"헉헉, 이거 맞지?"

지친 얼굴로 포포가 웃고 있어. 포포 옆으로 접시가 보여. 접시에는 먹음직스러운 엄마표 떡볶이가 담겨 있어. 둥둥이가 다가와 쿵쿵 냄새를 맡았어.

"컹컹, 이걸 어떻게?"

둥둥이가 놀란 얼굴로 포포를 바라봤어.

포포는 눈에 띄게 힘겨워했어. 작아진 몸이 더 작아져 어른 손 한 뼘 정도밖에 되지 않았지.

"컹컹! 포포야, 너 더 작아졌어. 진짜 괜찮아?"

포포는 가쁘게 숨을 내쉬며 괜찮다고 말했어. 하지만 전혀 괜찮아 보이지 않았어.

"따뜻할 때 옮기자."

포포와 둥둥이가 힘을 모아 떡볶이를 작은방 문 앞으로 가져갔어. 떡볶이 냄새가 문틈으로 솔솔 스며들었어.

"이제 기다려 보자."

포포와 둥둥이는 거실 쪽으로 물러나 기다렸어. 한참을 기다려 봐도 방문은 열릴 줄 몰라. 포포와 둥둥이는 시무룩해졌어.

"이걸로는 안 되나 봐."

테이의 마음을 움직이기엔 부족한 것 같다고 생각하던 참이었어.

끼이익!

순간 작은방 문이 살짝 열리더니 불쑥 손이 나왔어.

카레떡볶이

테이는 불 꺼진 어두운 방 침대에 누워 눈만 껌벅였어. 밤을 새우다 아침이면 잠들곤 했는데, 오늘은 오후가 되도록 잠이 오지 않아.

'이게 다 곰 때문이야.'

테이는 아이스크림 곰을 만나고 심장이 터지는 줄 알았어. 도망치듯 방으로 돌아왔지만, 한참 눈물이 멈추지 않았어. 나쁜 곰 때문이야.

"킁킁!"

테이 방으로 아주 익숙한 냄새가 새어 들었어.

'어?'

테이는 단번에 냄새를 알아차렸어.

'엄마 떡볶이다!'

엄마는 떡볶이에 카레를 넣었어. 독특한 냄새가 났지. 또 어묵을 좋아하는 테이를 위해 떡보다 어묵을 더 많이 넣어 주었지.

'누가 엄마 흉내를 낸 거지? 아빠가 벌써 왔나?'

테이는 천천히 몸을 일으켰어. 누군지 궁금해. 문을 열어 보고 싶지만, 밖에 나가기는 싫어.

테이는 엄마의 떡볶이 냄새에 오랜만에 침을 꿀꺽 삼켰어. 떡볶이가 먹고 싶어서 문 가까이 귀를 대 보았지. 문밖에선 아무 소리도 들리지 않아.

끼이익.

테이는 문을 살짝 열고 손을 뻗어 접시를 끌어왔어.

'흠!'

떡볶이 접시에 코를 박고 크게 숨을 들이마셨어. 그리고

는 한동안 멍하니 앉아서 떡볶이 접시만 바라보았지. 뱃속
에서 꼬르륵 소리가 요란하게 났지만, 앞에 놓인 떡볶이에
는 손도 대지 못했어.

'이건 진짜 엄마 떡볶이야. 설마 엄마가 돌아온 걸까?'

아닌 걸 알면서도 콩닥콩닥 뛰는 심장이 좀처럼 진정되
지 않아. 테이가 벌떡 일어났어.

덜컹!

작은방 문이 이렇게 활짝 열린 건 처음이야.

테이는 밖으로 나와 부엌과 거실을 둘러보았어. 아무도

없어. 아빠는 아직 돌아오지 않았어. 둥둥이만 반가운 마음에 옆에서 꼬리를 흔들고 있었지. 테이의 시선이 곧 조그만 곰에게 가 닿았어.

"내가 가져왔어!"

포포는 테이를 올려보며 자랑스럽게 말했어.

그런데 테이는 얼굴이 점점 붉어지더니 숨을 가쁘게 쉬는 거야.

"네가 왜? 네까짓 게 왜 엄마 것을 가져와?"

테이가 소리쳤어. 당황한 포포는 아무 말도 하지 못했

지. 둥둥이는 꼬리를 말고 바닥에 납작 엎드렸고.

"넌 또 왜 내 앞에 나타났어? 우리 집에서 당장 나가! 나가라고."

테이가 현관문을 가리키며 말했어.

이번엔 포포도 참지 않았어.

"누가 여기 있고 싶대? 가지 말라고 해도 나갈 거야."

포포는 뒤도 돌아보지 않고 현관문 밖으로 나왔어. 콧 김을 풀풀 쏟아 내며 마당을 건넜지.

"컹컹, 돌아와. 포포야, 다시 돌아와."

둥둥이가 작은 문으로 고개를 내밀고 끙끙거려.

"나, 아이스크림 동물원으로 갈 거야."

포포는 마당을 나와 아스팔트 도로로 들어섰어. 그런데 마음에 걸리는 게 있어.

'넌 또 왜 내 앞에 나타났어?'

포포는 아까 테이가 했던 이 말을 곱씹었어.

'또라고? 내가 테이와 만난 적이 있었나?'

포포는 고개를 갸웃거리며 걸어갔어. 그때였어.

빠앙! 빵!

자동차 한 대가 포포를 향해 쌩 달려들어.

"으악!"

생각에 빠져 있던 포포는 짧은 비명을 지르고는 그대로 얼어 버렸어.

포포의 비명에 놀란 둥둥이가 나자빠졌어. 창밖을 보고 있던 테이도 놀라긴 마찬가지였지. 테이가 현관으로 달려 갔어. 그런데 문을 열고 나가려니 겁이 나는가 봐. 문손잡

이를 잡고 있는 테이의 손이 부들부들 떨려.

"커허엉, 형형."

둥둥이가 포포를 구해 달라고 테이의 다리를 긁어 댔어. 테이는 현관문을 조금 열고 도로를 내다봤어.

"휴……."

테이가 한숨을 크게 내쉬었어. 차가 지나간 자리에 웅크리고 있는 포포 모습이 보였거든. 다행이야. 키가 작아서 다치진 않았어.

포포는 다시 길을 건너려고 발을 떼었어.

쌩!

이번엔 반대편에서 거대한 바퀴가 아슬아슬 스쳐 지나갔어. 이쪽저쪽에서 차들이 숨 쉴 틈도 주지 않고 덤벼들었어.

빠앙! 쌔앵, 쌩! 빵빵!

"으아악!"

포포는 소리치며 두 눈을 질끈 감았어. 그대로 정신을

잃고 말았지.

　테이는 더 지켜보지 못하고 현관문을 활짝 열었어. 안절부절못하며 신호가 바뀌기를 기다렸다가, 도로로 잽싸게 뛰어가 포포를 번쩍 들어 데리고 왔어.

　포포가 정신을 차렸을 땐 집 안이었어.

　테이는 포포를 한참 바라보더니 천천히 입을 열었어.

"그때 너도 있었잖아……."

"컹! 커헝!"

둥둥이가 갑자기 크게 짖었어. 둥둥이는 포포 주위를 돌며 냄새를 맡았어.

"컹컹, 맞아! 맞아! 어디서 많이 본 것 같았어. 그래, 너였어."

둥둥이가 눈이 동그래져서는 계속 말했어.

"그날 엄마 차에 너도 타고 있었어."

둥둥이 말에 포포의 머리가 어지럽게 돌아갔어.

"차에 나도 있었다고?"

순간 포포의 머릿속 어둠이 걷히며, 시끄럽던 차 안이 떠올랐어.

'엄마! 엄마!'

신나는 노래가 울려 퍼지는 차 안에서 테이의 목소리가 들렸어.

"둥둥아, 나 이제야 기억이 돌아온 것 같아."

찾아온 이유

엄마는 운전 중이야. 테이와 둥둥이는 뒷자리에 앉아 아이스크림케이크 상자를 보고 있었지.

"엄마, 이 케이크는 소원도 들어준대."

"그래? 우리 테이 소원은 뭘까?"

엄마가 물었어.

"비밀! 근데 엄마, 케이크 한 번만 꺼내 보면 안 돼?"

테이는 살짝 맛을 보고 싶었어.

"쿵, 크응."

둥둥이가 상자에 코를 대고 냄새를 맡다가 못 참겠는지

발톱으로 막 긁어 댔어.

"안 돼. 집에 가서 아빠랑 함께 파티해야지."

"내 생일이니까 내 거잖아."

테이가 고집을 부렸어. 둥둥이도 컹컹 짖어 대며 거들었지.

"그건 맞지만……"

"잠깐만 꺼내 볼게. 응? 응?"

테이가 계속 조르자, 엄마는 포기한 듯 말했어.

"그럼 조심해서 꺼내."

테이는 기다렸다는 듯이 케이크를 꺼냈어. 상자 속에는
아이스크림 곰이 들어 있었어.

"와! 진짜 귀엽고 예쁘고 맛있어 보여."

엄마는 룸미러로 좋아하는 테이의 모습을 보며 흐뭇하
게 웃었어. 테이는 케이크 한쪽 모서리 부분을 손가락으로
살짝 찍었어. 아이스크림이 묻은 손가락을 쪽쪽 빨았지.

"컹! 컹! 나도, 나도!"

둥둥이가 달려들었어. 테이는 혹시라도 둥둥이가 케이

크를 망가뜨릴까 봐 번쩍 들어 올렸지. 그 순간 아이스크림 곰이 앞자리 운전석으로 떨어진 거야.

"으아악!"

차가 옆으로 휘청 흔들렸어. 테이는 너무 무서워서 바짝 엎드려 눈을 감고 소리쳤어. 다행히 흔들리던 차는 금세 균형을 잡고 다시 달렸어.

"후유……."

모두가 안심하던 순간이었어.

갑자기 반대편에서 오던 차 한 대가 엄마 차를 향해 돌진했어.

끼이익! 쿠광쾅쾅!

엄마 차는 연기를 뿜어내며 멈춰 섰어. 테이는 이미 기절한 상태였지.

"끄응……."

쓰러진 엄마 옆에는 머리가 찌그러진 아이스크림 곰이 있었어.

♛

"내가 여길 왜 찾아왔는지 이제 생각났어."

포포가 테이와 둥둥이를 올려보며 말했어.

"그날 사고가 났을 때, 엄마가 나에게 부탁했어."

"엄마가?"

엄마라는 말에 테이 얼굴이 굳어졌어.

"내년 테이의 생일에 꼭 다시 촛불을 밝혀 달라고."

엄마는 녹아내리던 아이스크림 곰에게 간절히 부탁했어. 테이가 건강하게 내년 생일을 맞게 해 달라고 말이야.

"오늘이 너의 열 번째 생일이잖아. 너의 생일에 촛불을 밝혀 주려고 온 거야."

포포가 찌그러진 머리를 매만지며 말했어.

테이의 눈에 눈물이 그렁그렁했어. 둥둥이도 옆에서 끙끙거렸지.

"테이야, 엄마가 너에게 꼭 전해 달라는 말이 한 가지 더 있었어."

포포가 테이에게 한 걸음 더 다가갔어.

"테이야, 네 잘못이 아니야."

포포는 엄마처럼 차분한 말투로 테이에게 말을 전했어.

그날 사고는 중앙선을 넘어온 음주 운전 차 때문이었어. 포포는 사고가 난 게 아이스크림 소동 탓이 아니었다고 테이에게 말했어.

"흑, 흐흐흑……."

테이는 둥둥이를 껴안고 소리 내 울었어. 둥둥이는 꼬리로 툭툭 바닥만 쳤지. 테이의 울음이 조금 잦아들었을 때, 포포는 어느새 새끼손가락만큼 작아져 있었어. 곧 사라질 것만 같았지.

띠디딕! 딕!

그때 현관문이 열리고 아빠가 들어왔어. 손에는 케이크 상자가 들려 있었지.

"테이야!"

아빠는 거실에 나와 있는 테이를 보고 깜짝 놀랐어.

"아빠!"

테이는 울먹였어. 아빠의 얼굴을 보자마자 테이의 눈에서 다시 눈물이 쏟아졌어. 그동안 하지 못했던 말을 눈물로 쏟아 내는 것처럼 말이야.

테이는 아침마다 작은방 창문으로 출근하는 아빠를 보았어. 늘 바쁘게 걸어가는 뒷모습뿐이었지. 오랜만에 마주한 아빠는 많이 야윈 것 같아.

"아빠, 미안해."

아빠는 우느라 고개를 들지 못하는 테이를 꼭 안아 주었어. 아빠와 테이는 말없이 한참을 안고만 있었어.

테이의 열 번째 생일

"아빠, 나 배고파."

종일 아무것도 먹지 않은 테이가 아빠에게 말했어.

테이의 말에 아빠 얼굴이 환해졌어.

"알았어, 테이야."

아빠는 옷을 갈아입을 새도 없이 서둘러 생일상을 차렸어. 식탁 위에는 케이크도 올렸지. 생일 초 사이에 새로운 아이스크림 곰이 앉아 있어.

"아, 맞다! 포포! 포포는 어디 갔지?"

테이는 주위를 둘러보며 포포를 찾았어.

"끙끙."

둥둥이도 포포가 사라진 것을 이제야 알았나 봐. 테이와 둥둥이는 작별 인사도 못 하고 포포를 보낸 것이 아쉬웠어.

화아악!

아빠가 성냥으로 초에 불을 붙일 때였어.

띵동.

때마침 울린 초인종 소리가 유난히도 활기차게 들렸지.

테이는 벌떡 일어나 현관문으로 달려 나갔어. 망설일 틈도 없이 문을 열었지.

테이가 문을 열자, 문밖에 있던 여러 개의 눈이 왕방울만큼 커졌어. 바로 매일같이 드나들던 할아버지와 이모 그리고 테이의 친구들이었어.

"생일 축하합니다. 생일 축하합니다. 사랑하는……."

잠시 후 테이를 위한 노래가 울려 퍼졌어.

"후!"

테이는 촛불을 불고 소원을 빌었어. 촛불이 꺼지자 가느다란 연기가 공중으로 길게 피어올랐어. 꼭 테이의 소원을 하늘까지 닿게 해 주려는 것처럼 말이야.

정말 오랜만에 빨간 지붕 집에서 웃음소리가 흘러나왔어. 엄마의 소원대로 테이의 열 번째 생일에 환하게 불이 밝혀졌어.

모두 잠든 새벽이야. 테이는 잠이 오지 않아 눈만 말똥말똥 뜨고 있었어.

'포포는 어디로 갔을까?'

테이는 창가를 서성이며 사라진 포포를 생각했어. 고맙다는 말을 하지 못한 게 계속 마음에 걸렸어. 화만 내서 미안하다고 사과도 꼭 하고 싶었거든.

테이는 창가에 서서 포포를 처음 보았던 건너편 고물상을 바라봤어. 아니, 뚫어지게 지켜보고 있었지.

찌잉!

그때 고물들 사이에서 번쩍 빛이 보였어. 비스듬히 누운 냉장고에서 새어 나온 빛이야. 그 순간 기다렸다는 듯 냉장고 문이 삐거덕 열렸어.

"포포다!"

냉장고 앞에는 너무 작아져 버린 포포가 서 있어. 냉장고에서 새어 나온 빛 덕분에 겨우 알아볼 수 있었지.

테이는 포포에게 손을 흔들었어.

"잘 가, 포포. 엄마의 부탁을 들어줘서 고마워."

포포 역시 불이 켜진 빨간 지붕 집을 멀리서 바라봤어.

"테이야, 이제 밝게 웃어. 다시 만나 반가웠어. 안녕."

포포는 손을 흔들며 냉장고 안으로 들어갔어. 냉장고

문이 닫히며 밝은 빛과 하얀 연기가 함께 사라졌지. 그게

마지막 인사였어.

　그 후 테이는 모처럼 아주 달콤한 잠에 빠졌어. 가끔 잠

꼬대도 하면서 말이야.

　"내년에 또 만나, 포포……."

저학년의 **품격21**

아이스크림 곰 모모
촛불을 밝혀 줘!

초판 1쇄 2024년 12월 3일

글 | 검은빵 **그림** | 봄하
펴낸이 김혜연 | **책임편집** 하늬바람 | **북디자인** design S
펴낸곳 책딱지 | **등록번호** 제2021-000002호 | **등록일자** 2021년 1월 5일
전화번호 070-8777-2737 | **팩스** 02-6455-2737
주소 서울특별시 강서구 우장산로2길 45, 연무빌딩 401호(내발산동)

ⓒ 검은빵, 봄하, 2024

ISBN 979-11-93215-11-1
ISBN 979-11-973753-0-9 (세트)

• 제조자명 : 책딱지
• 주   소 : 서울특별시 강서구 우장산로2길 45, 연무빌딩 401호(내발산동)
• 전화번호 : 070-8777-2737
• 제조연월 : 2024. 12. 3.
• 제조국명 : 대한민국
• 사용연령 : 8세 이상

저학년의 품격

책을 혼자 읽기 시작하는 초등 저학년을 위한 창작 동화입니다.
재미있고 공감하기 쉬운 주제로 아이들을 즐거운 독서의 세계로
안내하고, 바른 인성과 생각하는 힘을 키워 주는 유익한 시리즈입니다.

01 달달 문구점 별별 문구점
글 조성자 | 그림 최정인 | 92쪽
우정 · 친구관계 · 배려

02 마시멜로의 달콤한 비밀
글 류미정 | 그림 박영 | 88쪽
바른말 · 칭찬 · 솔직함

03 판타스틱 남매
글 원유순 | 그림 김준영 | 96쪽
우애 · 가족애 · 협동

04 내가 바로 유행왕
글 제성은 | 그림 노아 | 84쪽
유행 · 개성 · 소비습관

05 격파왕 태권 할매
글 안선모 | 그림 정경아 | 92쪽
성취감 · 도전 · 태권도

06 거짓말 뽑는 치과
글 고수산나 | 그림 홍진주 | 84쪽
언어예절 · 나쁜말 · 가족

07 우리 아빠가 어때서!
글 류미정 | 그림 지문 | 88쪽
아빠와딸 · 가족 · 사랑

08 지니의 발걸음
글 최형미 | 그림 최정인 | 88쪽
엄마와딸 · 이해 · 성장

09 보드 타는 강아지 번개
글 전은희 | 그림 박영 | 84쪽
반려동물 · 믿음 · 용기

10 톡 터져라! 귓속말
글 김민정 | 그림 이은지 | 92쪽
귓속말 · 소외감 · 오해

11 오~ 재수 있다!
글 류미정 | 그림 이승연 | 92쪽
이름 · 자존감 · 자기긍정

12 시간을 바꾸는 타임 반지
글 정온하 | 그림 홍찬주 | 92쪽
시간이동 · 따돌림 · 용기

13 고고 탐정단 사라진 절대 반지
글 서지원 | 그림 이창섭 | 88쪽
추리 · 열등감 · 성장

14 노래하는 붉은 거위 치치
글 김우정 | 그림 정하나 | 96쪽
편견 · 자기애 · 특별함

15 동물들의 재판
글 김우정 | 그림 홍찬주 | 84쪽
괴롭힘 · 동물학대 · 생명존중

16 어쩌다 알바 인생
글 류미정 | 그림 박선미 | 96쪽
꿈 · 도전 · 열정

17 진짜 이빨 요정 링링
글 김윤아 | 그림 지문·조윤정 | 92쪽
용기 · 도전 · 책임감

18 내 친구 이꽃분 할머니
글 김우정 | 그림 최정인 | 84쪽
선입견 · 전통문화 · 가족

19 마술사 루디의 비눗방울 사탕
글 정온하 | 그림 유준재 | 88쪽
행복 · 기억 · 추억

20 그렇게 두더지는 여행을 떠났다
글 김지원 | 그림 웰시코기사이클링클럽 | 92쪽
도전 · 실천 · 성장

21 아이스크림 곰 포포
글 검은빵 | 그림 봄하 | 88쪽
상처 · 두려움 · 용기

〈저학년의 품격〉 시리즈는 계속됩니다!

독서 활동지를 다운받아 활용하면
더욱 재미있고 슬기로운
독서 경험이 쌓일 거예요.

책딱지 독자들에게 재미와 감동을 전해 줄 작가님들의 소중한 원고를 기다리고 있습니다.   E-mail: checkttakji@naver.com